… AM I'N CHWERTHIN?

I Mabli Lois

PAM TI'N CHWERTHIN?

IWAN PITTS

y Lolfa

Argraffiad cyntaf: 2024
© Hawlfraint Iwan Pitts a'r Lolfa Cyf., 2024
© Hawlfraint darluniau: Iwan Pitts

Mae hawlfraint ar gynnwys y llyfr hwn ac mae'n anghyfreithlon i lungopïo neu atgynhyrchu unrhyw ran ohono trwy unrhyw ddull ac at unrhyw bwrpas (ar wahân i adolygu) heb gytundeb ysgrifenedig y cyhoeddwyr o flaen llaw.

Dymuna'r cyhoeddwyr gydnabod cymorth ariannol
Cyngor Llyfrau Cymru.

ISBN: 978 1 80099 627 4

Cyhoeddwyd ac argraffwyd yng Nghymru gan
Y Lolfa Cyf., Talybont, Ceredigion, SY24 5HE
e-bost ylolfa@ylolfa.com
gwefan www.ylolfa.com
ffôn 01970 832 304

PAM TI'N CHWERTHIN?

Dyma lond llyfr o'r jôcs gorau a gwaethaf erioed. Roedd o'n *oriau* o waith … Wel, tua ugain awr o waith, a thua wyth mis o chwarae.

Os dwyt *ti* ddim yn chwerthin, fydd pwy bynnag ti'n darllen y jôcs yma iddyn nhw yn siŵr o wneud!

Os dydyn *nhw* ddim yn chwerthin chwaith, ella fod y copi yma yn un o'r rhai diffygiol, a bysa'n well i ti brynu copi arall.

Mwynha!

CYNNWYS

Dim nofel ydi'r llyfr yma, felly croeso i ti ei ddarllen mewn unrhyw drefn. Ond dyma'r cynnwys, beth bynnag:

ANIFEILIAID
CERDDORIAETH
GWYDDONIAETH
BWYD
LLEFYDD
ENWAU
LLIWIAU
HEDDLU
CNOC CNOC!
DOCTOR!
EISTEDDFOD
CALAN GAEAF
NADOLIG
JÔCS CLYFAR
JÔCS GWIRION
JÔCS YCH-A-FI
JÔCS WEDI'U GWRTHOD

ANIFEILIAID

**Beth wyt ti'n galw hwyaden sy'n dodwy afocados?
CWACamoli!**

Pa bapur newydd mae gwenyn yn ei ddarllen?
Y Daily MÊL!

Sut mae cywion yn mynd i'r gwely?
Maen nhw'n PLisgyn i gysgu!

Beth ydi hoff chwaraeon cwningen?
SBONCen!

Beth wyt ti'n galw ci
sy'n chwarae rygbi?
Ogi, Ogi, Ogi!

Pa fath o gi sydd gan ddewin?
AbracaLABRADOR!

Pam mae'r ci yn hymian?
Achos dydy o ddim yn cofio'r geiriau!

Sut mae cŵn yn siarad?
Maen nhw'n CYFARTHrebu!

Ciwt!

**Beth ddwedodd yr iâr ar ôl i'r wy ddeor?
Iawn, cyw?**

Beth sydd gen ti os wyt ti'n anti i aderyn?
Nith!

Lle mae brenin y pilipala yn byw?
Pili Palas!

**Pam mae fflamingos yn sefyll ar UN goes?
Os bysan nhw'n codi'r ddwy goes, fysan nhw'n disgyn drosodd!**

Pam wnaeth yr iâr groesi'r lôn? I gyrraedd yr ochr arall!

Pam wnaeth yr iâr groesi'r lôn? I ddianc o KFC!

Pam wnaeth y deinosor groesi'r ffordd? Am fod 'na ddim iâr ar y Ddaear eto!

Pa fath o gath
sy'n hoffi dŵr?
Octo-Pws!

Pam mae cathod yn
ddawnswyr gwael?

Am fod ganddyn nhw ddwy
droed chwith!

Pam dydy cathod ddim yn cael
defnyddio cyfrifiaduron?

Rhag ofn iddyn nhw fwyta'r
llygoden!

Pa fath o gath sy'n hedfan?
BwnCATH!

Beth wyt ti'n galw llew
celwyddog sy'n brolio ei hun?
Cath!

**Pam dydy'r pry cop ddim angen Wi-Fi?
Am ei fod o wastad ar y WE!**

Pam mae rheinos mor swnllyd?
Am fod ganddyn nhw GYRN!

**Pam mae cowbois yn reidio ceffylau?
Am eu bod nhw'n rhy drwm i'w cario!**

Beth sy'n FAWR, yn BINC,
ac yn dweud "ATISHW"?
Mochyn efo annwyd!

Pam mae'r fuwch yn drist?
Am ei bod hi mewn
MŴŴŴŴŴD gwael!

Beth mae'r fuwch yn hoffi ei yfed?
S-mŵŵŵŵ-ddi!

Beth wyt ti'n galw
buwch ar drampolîn?
Milkshake!

Beth sydd gan darw o dan
ei drwyn?
Mŵŵŵŵŵstash!

Pa fath o eli sy'n rhy fawr i ffitio mewn potel?
ELI-ffant!

Beth wnaeth y pry cop ar ei gyfrifiadur?
Creu GWE-fan!

Beth mae tylluan yn ei wisgo dros ei phen?
Tw-HWD-tw-hw!

Pa anifeiliaid oedd yr olaf i adael Arch Noa?
Dwy hwyaden yn dweud GWAG, GWAG!

Beth ydi'r ffordd orau i ddal pysgodyn?
Cael rhywun i daflu un atat ti!

Mae plismon yn gweld Mrs Jôs yn cerdded lawr y stryd gyda theigr ar dennyn.

"Mrs Jôs, rhaid i chi fynd â'r teigr 'na i'r sw ar unwaith!" meddai'r plismon mewn syndod.

"Wrth gwrs," meddai Mrs Jôs, yn gwenu fel giât.

*

Y bore wedyn, mae'r plismon unwaith eto yn gweld Mrs Jôs yn mynd am dro efo'r teigr.

"Wnes i ddeud 'thach chi am fynd â'r teigr 'na i'r sw!"

"Mi wnes i. Aethon ni i'r sw ddoe ... a heddiw 'dan ni'n mynd i'r sinema!"

CERDDORIAETH

Pwy ydi'r cerddor GORAU?
Yr un sy'n gallu chwarae
recorder, ond yn dewis peidio!

*Pa fath o gerddoriaeth dydy
balŵns ddim yn ei hoffi?
POP!*

**Pa ganwr sydd wedi cael ei wahardd
o bob tafarn yng Nghymru?
Al Lewis Band!**

Sut fiwsig mae
deintydd yn ei hoffi?
Cerdd DANT!

Gitarydd bas tiwna!

Pam mae trychfilod yn methu canu?
Am fod eu llais nhw mor-GRYG!

Pwy oedd y canwr mwyaf lliwgar?
ENFYS Presley!

Pa fand ydi'r GORAU erioed?
Y Band-DA-'na!

Beth wyt ti'n ddweud wrth fand sy'n rhy swnllyd? CERDD o'ma!

Beth wyt ti'n gael os wyt ti'n rhoi radio mewn oergell?
Miwsig cŵl!

Beth wyt ti'n gael os wyt ti'n rhoi'r radio mewn rhewgell? Miwsig hyd yn oed yn fwy cŵl!

Beth sydd efo tri chant o goesau a saith dant?
Cynulleidfa cyngerdd John ac Alun!

**Pam mae pobl yn cerdded wrth chwarae bagpeips?
I drio dianc rhag y sŵn!**

Sut wyt ti'n gallu dweud os ydi
bagpeips allan o diwn?
Am fod rhywun yn eu chwythu nhw!

**BETH YDI'R GWAHANIAETH RHWNG
BAGPEIPS A NIONYN?
DOES 'NA NEB YN CRIO PAN WYT TI'N
TORRI BAGPEIPS!**

GWYDDONIAETH

Pam oedd y parti ar y lleuad yn rybish?
Doedd dim atmosffer!

**Gwyddonydd: Ti'n siŵr dy fod di"n broton?
Proton: Positif!**

Pam wnaeth y gofodwr adael ei gariad?
Roedd o angen sbês!

**Gwyddonydd 1: Wyt ti isio clywed jôc am sodiwm?
Gwyddonydd 2: NA!**

Pam wnaeth y cwynwr gael marc gwael yn ei brawf mathemateg? Am fod ei fywyd ddim yn DEG!

Sut dlws wnaeth y deintydd ei ennill?
Plac!

Beth oedd y cyfrifannell yn ei wneud yn y tŷ bach?
Pi!

Sawl cynllun sydd gan ofodwr rhag ofn i rywbeth fynd o'i le? Plan-ne-dau!

*Beth ydi'r peth lleiaf hunanol yn y bydysawd?
Yr Hael!*

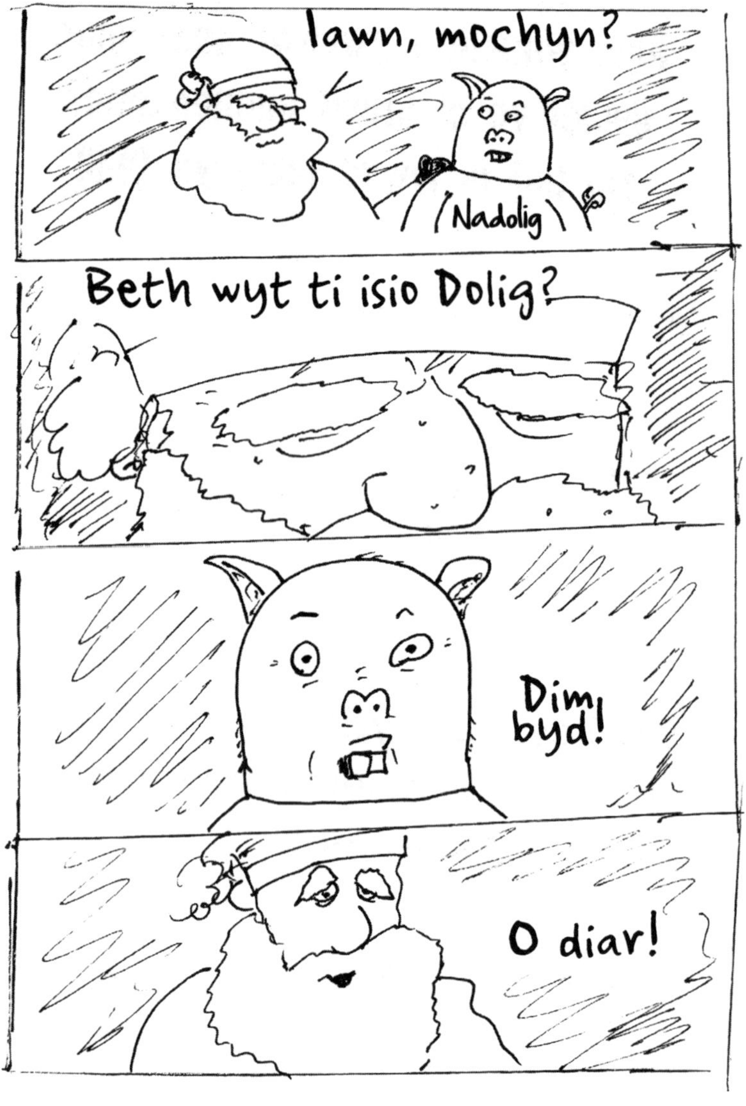
Iawn, mochyn?
Nadolig
Beth wyt ti isio Dolig?
Dim byd!
O diar!

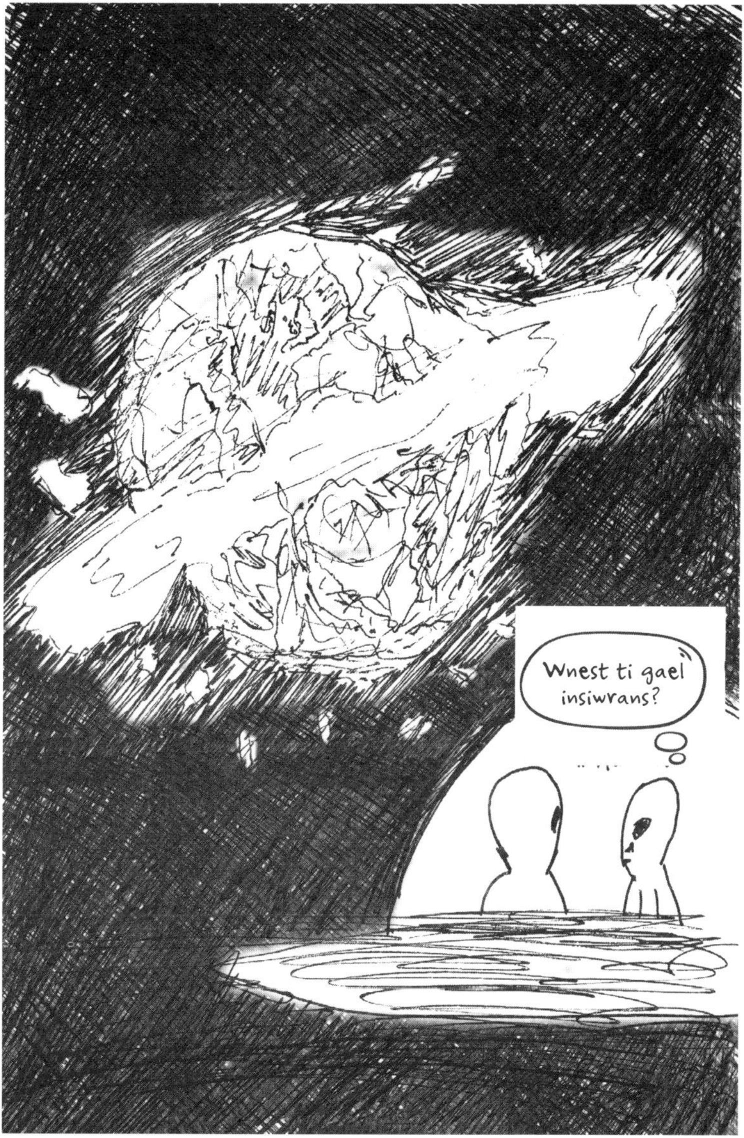
Wnest ti gael insiwrans?

Beth mae cyfrifiadur yn ei gael i swper?
Sgrin i'm syniad!

**Beth mae cyfrifiadur yn ei gael i ginio?
Cod a Micro-sglodion!**

Beth mae cyfrifiadur yn ei gael i frecwast?
brown

**Beth mae cyfrifiadur yn ei gael i de?
Beit i'w fwyta!**

Beth ydi hoff offeryn cerdd y cyfrifiadur?
Yr allweddellau!
Na, jôc – Y bas data!

Pa goeden ydi'r orau am ddringo?
Yr un sy'n dal gAFAL!

Faint o afalau sy'n tyfu ar goeden?
Bob un!

Os oes gen ti 24 afal yn un llaw, ac 16 afal yn y llaw arall, beth sydd gen ti?
Dwylo MASIF!

O leiaf mae'r offer diogelwch yn saff ...!

Roedd gwyddonydd yn ei labordy pan wnaeth **Arian**a Grande, Ffredi **Mercwri**, a Mici **Plwm** ymddangos.

"Dwi isio gweld gan bwy mae'r llais gorau!" meddai Ariana.

"Fyswn i'n ennill y gystadleuaeth yna'n hawdd! Be am her go iawn?" meddai Ffredi.

"Be s'gen ti mewn golwg?" holodd Mici.

"Be am gystadleuaeth y mwstásh gorau?!" cynigiodd Ffredi'n hyderus.

"Dydy hynny ddim yn deg!" meddai Ariana. "Dwi'n methu tyfu mwstásh."

"Wel, fi fysa'n ennill y gystadleuaeth yna! Be am rywbeth mae pawb yn gallu'i neud, fel bwyta slepjan?" cynigiodd Mici.

"Be ydi slepjan?!" chwarddodd Ariana.

"Be amdanat ti, wyddonydd anhysbys? Wyt ti'n mynd i gystadlu yn ein herbyn ni mewn cystadleuaeth ganu, tyfu mwstásh neu fwyta slepjan?"

Dyma'r gwyddonydd yn meddwl am eiliad cyn ateb:

"Dim yn erbyn yr **elfennau**!"

BWYD

Beth ydi hoff sos buwch?
MŴŴŴstard!

**Pam doedd y badell
a'r saim ddim yn ffrindiau?
Achos eu bod nhw bob amsar yn FFRIO!**

Beth ydi cas ddiod balŵn?
POP!

Beth mae dafad yn ei roi ar ei thost?
MEEEnyn!

"Weiter, oes 'na sŵp ar y fwydlen?"
"Na, ond mae 'na yn y gegin!"

Beth sudd bod?!

**Pam oedd y dyn bara yn sâl?
Roedd ganddo ben TOST!**

*Beth ydi hoff gwestiwn pob
cogydd?
Pryd?!*

Beth ydi'r stwff caled a
phinc rhwng dannedd siarc?
Nofwyr araf!

**Pam mae llewod yn
bwyta cig amrwd?
Achos dydyn nhw
ddim yn gallu coginio!**

Pa gnau sydd angen hances?
Ca-shiw!

Pa gacen fysa'r ORAU mewn ffeit?
TEISEN Fury!

**Pam mae pobl ifanc yn ofn figans?
Achos eu bod nhw ar plant-based diet!**

Beth wyt ti'n galw sgidiau wedi'u gwneud o fananas?
SLIPars!

Pa ddau beth dwyt ti byth
yn ei gael i frecwast?
Cinio a swper!

Beth mae ATHLETWYR yn ei
gael i bwdin?
Hufen IACH!

"Weiter, weiter – mae 'na bry yn fy sŵp i!"
"Tisho un arall?"
"Na, mae un pry yn ddigon drwg!"

"Weiter – mae 'na bry wedi marw
yn fy sŵp i!"
"Ti'n siŵr? Ella ei fod o wedi
marw cyn cyrraedd y sŵp …"

"Weiter, weiter – be mae'r pry
'ma'n da yn fy sŵp i?!"
"Wel, yn bendant, dydy o ddim yn
dda am nofio!"

Beth wyt ti'n galw meicrodon sy'n chwarae tennis bwrdd?
Popty Ping-Pong!

Beth sy'n FELYN ac yn edrych fel PINAFAL?
Lemon wedi torri'i wallt!

Beth yw'r gair am bedair potel o lemonêd?
Grŵp pop!

Beth sy'n digwydd os wyt ti'n croesi pei efo neidr?
Ti'n cael PEIthon!

Fe wnaeth 'na facwn ac wy gerdded i mewn i'r caffi am hanner dydd …
"Sori, 'dan ni wedi stopio syrfio brecwast."

**Es i siop i brynu cracers.
"Dim ond Ryvita sy gynnon ni."
"Rhai i fyta dwi isio!"**

Dau blât mewn caffi ...
Beth ddwedodd un wrth y llall?
Arnaf i mae'r cinio!

Mae Jac yn archebu pizza.
"Fydd y pizza yn hir?
"Na fydd ... un crwn!"

Ga i brynu brechdan gaws efo ciwcymbyr?
Na sori, cardyn neu arian parod yn unig!

Pam oedd y treiffl wastad yn drist?
Achos ei fod o'n PWD-u!

Pa basta ydi'r hapusaf?
BRAFioli!

Un diwrnod yn y jyngl, roedd 'na gi efo asgwrn ...

Yn prowlio ac yn rhuo drwy'r goedwig, roedd llew. Wrth iddo agosáu, aeth y ci i banig. Ond yn sydyn, cafodd syniad ...

"Mmm! ... O'dd y llew yna'n flasus!" meddai wrth gnoi ar yr asgwrn.

Safodd y llew yn llonydd a'i lygaid yn llawn ofn. Penderfynodd ddianc yn ddistaw. Er nad oedd o'n hollol siŵr fod y ci yn dweud y gwir, doedd o ddim am fentro rhoi ei fywyd mewn perygl.

Gwelodd mwnci yr hyn oedd wedi digwydd o'i goeden a phenderfynu dilyn y llew i ddweud y gwir wrtho.

"Mêt, mae'r ci 'na'n
tynnu dy goes di!"

"O'n i'n ama! Ty'd, awn ni 'nôl i fi
ga'l dysgu gwers i'r sglyfath."

I ffwrdd â nhw, y llew a'r mwnci,
trwy'r jyngl i chwilio amdano.
Roedd y ci yn dal i gnoi ar ei
asgwrn. Clywodd y llew a'r mwnci
yn agosáu ac aeth i banig. Ond yn
sydyn, cafodd syniad arall ...

"Lle goblyn mae'r mwnci 'na?
Wnes i ddeud 'tha fo awr yn ôl am
ddod â llew arall yma!"

LLEFYDD

Dwi'n medru neidio'n uwch na'r Wyddfa.
No we!
Wrth gwrs fedra i.
Dydy'r Wyddfa'n methu neidio!

Ble mae Cadair Idris?
O dan ddesg Idris!

Faint o'r gloch mae pobl yn codi yn Shrewsbury?
Amwythigloch!

Pa dref ydi'r fwyaf NEGYDDOL yng Nghymru?
CaerFFILI!

Ble mae defaid yn mynd ar eu gwyliau?
I MEEEErthyr Tudful!

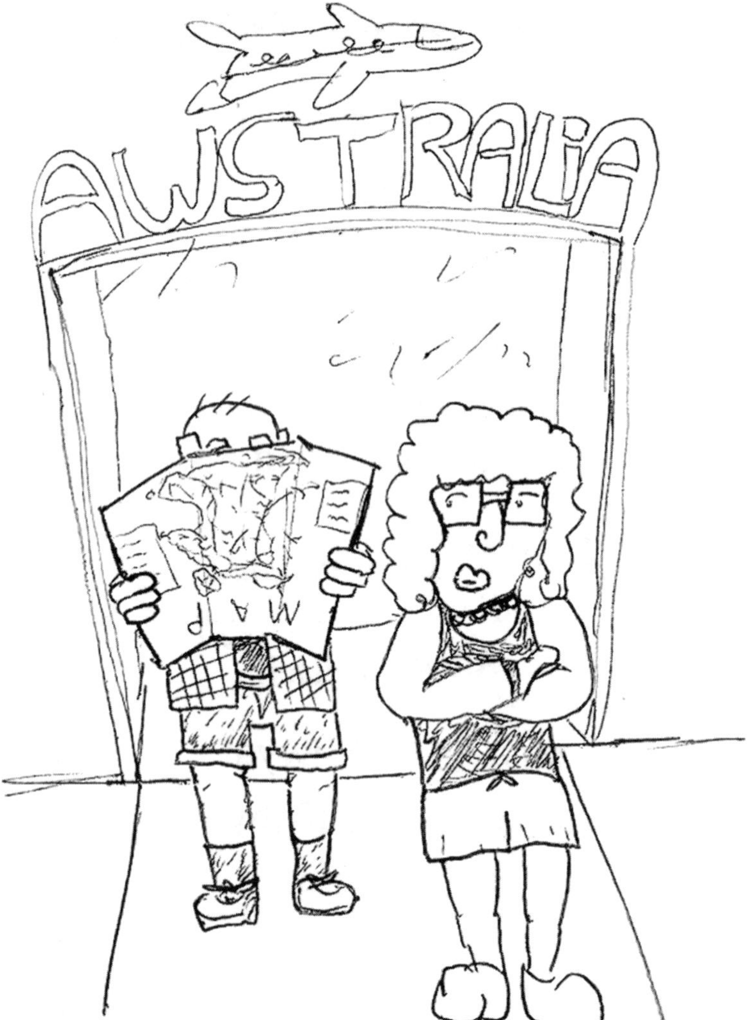
AWSTRALIA

Beth wyt ti'n galw gwraig hipi?
Mississippi!

Pam nad oedd lle i'r astronot ar y lleuad?
Am ei bod hi'n LLAWN!

Beth wyt ti'n galw ELIFFANT ar stryd yng NGHAERDYDD?
Ar goll!

Beth wyt ti'n galw PENGWIN yn yr ANIALWCH?
Ar goll!

Pam mae'r wennol yn hedfan o Gymru i Affrica am y gaeaf?
Am ei fod o braidd yn rhy bell iddi gerdded!

ENWAU

Beth wyt ti'n galw dynes yn y pellter?
Dot!

Beth wyt ti'n galw dynes sy'n
dda am ddal pysgod?
AnNETte!

**Beth wyt ti'n galw dyn sydd
byth angen unrhyw beth?
Bob Dim!**

Beth wyt ti'n galw dynes sy'n
gofyn gormod o gwestiynau?
Pam!

Beth wyt ti'n galw dyn sy'n
gofyn gormod o gwestiynau?
Sid!

Beth wyt ti'n galw dyn sydd wedi'i neud o frics?
Wal!

Beth wyt ti'n galw mwy nag un dyn?
Dai!

Beth wyt ti'n galw nain anweledig?
Mam-gudd!

Lleian bwrdd

Sut mae gwneud i ddyn o Serbia chwerthin?
Cosa fo!

**Beth wyt ti'n galw dyn llefrith gwael o'r Eidal?
Giovanni Torripoteli!**

Beth wyt ti'n galw mecanic gwael o'r Eidal?
Ivano 'Ditorri!

Beth wyt ti'n galw dyn tân o Wlad Pwyl?
Ivan Watshaloski!

**Beth ydi enw merch Ivan Watshaloski?
Tania!**

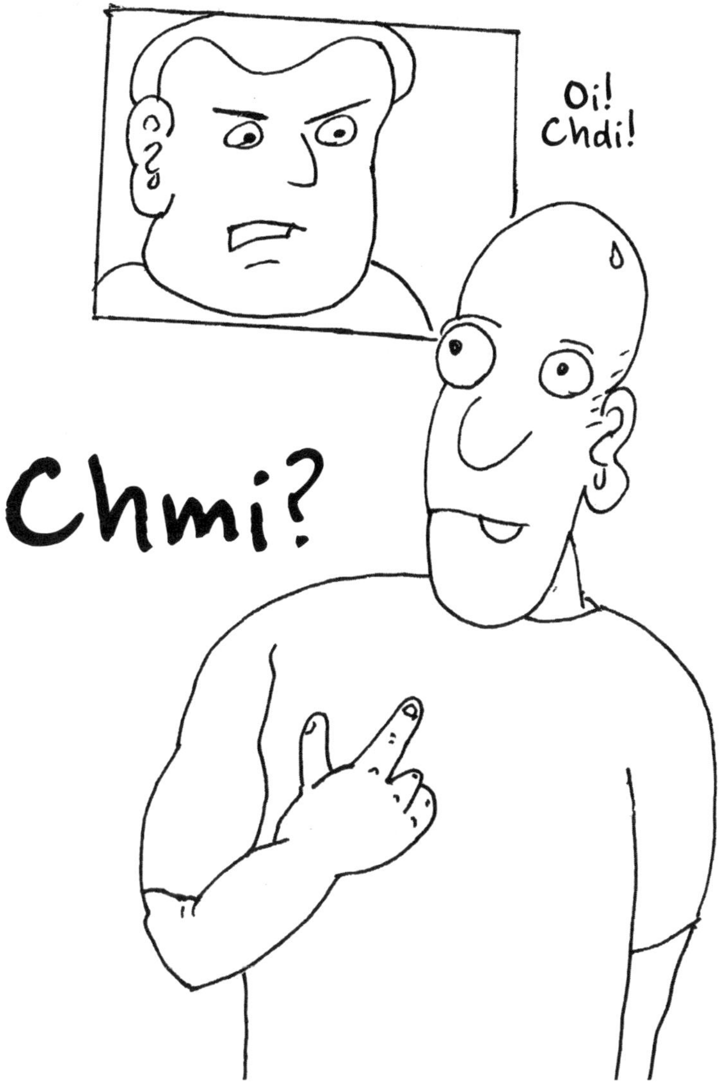
Oi!
Chdi!
Chmi?

Beth wyt ti'n galw dyn o Dregaron
sy'n dwyn cyri?
Twm Siôn Balti!

Beth wyt ti'n galw dyn o
Japan sydd bob tro'n iawn?
Idishido!

Pam mae Sam Tân yn ddi-waith?
S'am tân

Crys T?

Ia, crys fi!

Beth wyt ti'n galw dyn efo
hanner cit drymiau?
Gai Toms!

Beth mae Jeff Bezos yn ei wneud
cyn mynd i'r gwely?
Rhoi ei byj-Amazon!

Beth yw enw'r actores sydd
bob tro'n chwilio am dacsi?
Kim Basinger!

Pwy mae Taid yn ffonio
mewn argyfwng?
Nain, Nain, Nain!

LLIWIAU

**Beth ddwedodd y golau traffig wrth y lorri?
"Paid ag edrych, dwi'n newid!"**

Beth sy'n goch ac yn ogleuo fel paent melyn?
Paent COCH!

**Beth sy'n las ac yn ogleuo fel paent coch?
Paent GLAS!**

Beth sy'n wyrdd ac yn ogleuo fel paent glas?
Paent GWYRDD!

**Beth sy'n wyn ac yn ogleuo fel paent coch?
Paent GWYN!**

Pa baent sy'n gorffen y gwaith?
Llywelyn, ein LLIW Olaf!

"Beth wnest ti 'ngalw i!"

Beth sy'n oren ac yn swnio fel parot?
Carot!

Beth sy'n las ond ddim yn dywyll?
Glas golau!

Beth sy'n las ond ddim yn olau?
Glas tywyll!

Beth sy'n wyn ac yn methu dringo coeden?
Ffrij!

Beth sy'n wyn a glas ac yn methu dringo coeden?
Ffrij mewn siaced denim!

Beth sy'n ddu a gwyn, ac yn edrych fel pengwin?
Pengwin!

Beth sy'n ddu a gwyn, ac yn edrych fel buwch?
Buwch!

Beth sy'n binc ac yn edrych fel mochyn?
Mochyn!

Beth sy'n ddu, gwyn, du, gwyn, du, gwyn?
Pengwin yn rowlio lawr yr allt!

Mae Mr Green yn byw yn y tŷ Gwyrdd,
a Mrs Grey yn byw yn y tŷ llwyd.
Pwy sy'n byw yn y Tŷ Gwyn?
Arlywydd America!

HEDDLU

**Pwy wyt ti'n ffonio os oes rhywun yn bod yn anghwrtais?
POLIS a diolch!**

Pam gafodd y pysgodyn ei arestio?
Am ei fod o'n EOG!

**Beth wyt ti'n galw heddwas o Langefni?
Plis-MÔN!**

Beth wyt ti'n galw plismon o Lanberis?
COPA'R Wyddfa!

Beth wyt ti'n galw plismon
tal iawn o Lanberis?
Canllath o gopa'r Wyddfa.

**Pam aeth y mwnci i'r jêl?
Am fod ganddo fo ddwylo blewog!**

Beth wyt ti'n galw plismon sy'n
datrys troseddau ar-lein?
PC!

Pam aeth y cogydd i'r jêl?
Am ei fod o'n CURO wyau a CHWIPIO hufen!

**Pam aeth y rhidyll i'r jêl?
Doedd ei stori ddim yn dal dŵr!**

Pam aeth y llun i'r jêl?
Am ei fod o wedi cael ei FFRAMIO!

Pam aeth yr hufen iâ i'r jêl?
Mi oedd o wedi cael ei CONio!

Cnoc Cnoc!

Cnoc cnoc!
Pwy sy 'na?
Tudur.
Tudur pwy?
Tudur drws i weld!

Cnoc cnoc!
Pwy sy 'na?
Dora.
Dora pwy?
**Dora ddau funud i fi
ac mi wna i ddeud 'thach chdi!**

Cnoc cnoc!
Pwy sy 'na?
Megan.
Megan pwy?
**Meganddoch chi
broblem efo'ch cloch!**

Cnoc cnoc!
Pwy sy 'na?
Cadi.
Cadi pwy?
**Cadi fi ddod i mewn,
mae'n oer!**

Cnoc cnoc!
Pwy sy 'na?
Tudur.
Tudur pwy?
**Tudur ysgol,
'dan ni'n hwyr!**

Cnoc cnoc!
Pwy sy 'na?
Besi.
Besi pwy?
**Besi 'na i de?
Dwi'n llwgu!**

Cnoc cnoc!
Pwy sy 'na?
Dyl.
Dyl pwy?
**Dylat ti ga'l cloch efo camera
fel bod dim rhaid i ti ofyn!**

Cnoc cnoc!
Pwy sy 'na?
Ach.
Ach pwy?
Mae poeri'n ddigywilydd!

Cnoc cnoc!
Pwy sy 'na?
Sid.
Sid pwy?
Sid dwi fod i wbod?!

Cnoc cnoc!
Pwy sy 'na?
Bwrw.
Bwrw pwy?
Bwrw ti os ti ddim yn agor y drws!

Cnoc cnoc!
Pwy sy 'na?
Sillafa.
Sillafa pwy?
Hawdd – P-W-Y!

Cnoc cnoc!
Pwy sy 'na?
Dimo
Dimo pwy?
Dimo dy fusnas di!

Cnoc cnoc!
Pwy sy 'na?
Dani Harri
Dani Harri Pwy?
Dani Harri hôl hi!

DOCTOR!

Doctor, doctor,
dwi'n meddwl 'mod i'n iâr.
Ers pryd ti'n teimlo fel hyn?
Ers pan o'n i'n wy!

Doctor, doctor,
dwi'n teimlo fel pont.
Be sy wedi dod drostat ti?
3 car, beic a lorri!

Doctor, doctor, dwi wedi torri fy nghoes. Beth wna i?
Hopian!
Ond doctor, doctor,
dwi wedi torri fy nghoes mewn tri lle gwahanol.
Wel, stopia fynd i'r llefydd yna!

Ble mae cychod yn mynd pan maen nhw'n sâl?
I'r doc!

Beth ddwedodd y doctor wrth y dyn efo moron yn ei glustiau a thatws yn ei drwyn?
Dwi ddim yn meddwl dy fod di'n bwyta'n iawn!

EISTEDDFOD

Ti wedi dod yn bell?

Ti yma drwy'r wsnos?

Ble ti'n aros?

Ti'n cystadlu?

Pam oedd yr Eisteddfodwr yn canu hwiangerdd i mewn i'w fag?

Roedd o isio sach gysgu!

Roedd Wil yn gweithio i bwyllgor ei Eisteddfod leol, lle am y tro cyntaf, roedd categori newydd:

Y Talent Unigryw Gorau.

Yn y rhagbrofion yn y neuadd bentref, daeth degau o bobl i'r clyweliadau i ddangos eu doniau. Swydd Wil fel rhan o'r pwyllgor oedd dewis y 3 fyddai'n cael llwyfan.

Ar ôl oriau o weld pobl yn gwneud amryw o bethau talentog, fel jyglo, sglefrio, dweud jôcs, a hyd yn oed cneifio, roedd gan Wil syniad go dda o ba dalentau unigryw oedd yn ei bentref. Roedd wedi penderfynu ar 2 o'r 3 terfynol: pêl-droediwr ifanc o'r enw Jason oedd yn medru gwneud triciau anhygoel, a Begw'r ci, oedd yn medru dawnsio.

Gyda'r diwrnod bron ar ben, dim ond un person oedd ar ôl ar y rhestr, Joni Rhech.

"Helô, Mr Rhech," meddai Wil. "Diolch am eich amynedd. Ydach chi'n barod i ddangos eich talent?"

"Mi fydda i mewn dau funud!" atebodd Joni Rhech, wrth iddo agor tun o fîns, a rhoi clec iddo, gan yfed y bîns a'r sos fel bod syched arno.

"Ella y bysach chi'n hoffi agor ffenast cyn i fi ddechra?"

Dyma Wil yn agor y ffenest ar frys, yn rhagweld beth oedd am ddigwydd …

Eisteddodd Joni Rhech ar lawr y neuadd. Yna, fe wnaeth o daro clamp o rech wnaeth ei godi i fyny o'r llawr. Pwmpiodd un rhech enfawr am dros funud, gan ei bweru ar draws y neuadd.

"Pffffffffffffffffffffff–"

Roedd Wil wedi synnu, yn disgwyl i Joni orffen torri gwynt. Ond roedd Joni yno, yn hongian yn yr awyr, drwy bŵer ei ben-ôl, ei ddrewdod lond y neuadd. Wrth iddo hofran, roedd nodyn y rhech yn newid, yn mynd yn uchel wrth i Joni godi'n uwch, ac yn mynd yn ddwfn wrth iddo hofran yn isel. Wedyn, fe wnaeth o rechu tiwn yr anthem genedlaethol, yn cnecio a chlecio nerth ei din.

Wedi deg munud o bwmpian, glaniodd Joni Rhech ar ei draed, yn hyffian ac yn pyffian. Fe wnaeth o roi ei ddwylo yn yr awyr, ac yn falch iawn ohono'i hun, gwaeddodd "Ta da!"

Rhoddodd Wil nodyn ar ddarn o bapur o'i flaen.

"Wel? Be dach chi'n feddwl? Ga i lwyfan? Ydw i drwadd i'r rownd derfynol?"

Ochneidiodd Wil, cyn dweud …

"Paid â dal dy wynt."

CALAN GAEAF

(Mae'r jôcs yma i'r sbwci sîsyn!)

**Ble mae pry cop yn cysgu?
Yn y GWE-ly!**

Pam mai'r seiclops ydi'r anghenfil gorau?
Mae o heb ei ael!

**Pam wnaeth y dyn anweledig
wrthod y job?
Roedd o'n methu gweld ei hun
yn ei wneud o!**

Beth mae bwgan yn ei gael i bwdin?
Hufen IAS!

Efo beth mae'r ysbryd yn golchi ei wallt?
Sham-BW!

**Ym mha stafell wyt ti lleiaf tebygol
o weld ysbryd ynddi?
Y stafell FYW!**

Wyt ti wedi clywed am y tractor hudolus?
Roedd o'n gyrru i lawr y ffordd
pan wnaeth o droi i mewn i gae!

Beth wyt ti'n galw YSBRYD cŵn?
Sbw-ci!

**Pam oedd Jac y Lantarn yn drewi?
Am ei fod o'n bwmpen!**

**Pam wnaeth y sgerbwd ddim croesi'r lôn?
Doedd ganddo ddim gyts!**

NADOLIG

Pwy sy'n sgwennu'r jôcs
gwael mewn cracyrs Dolig?
Siôn CORNI!

**Pwy sy'n canu ym Mhegwn y Gogledd?
Y CÔRachod!**

Pam wnaeth y
corrach greu pyramid
o bŵdls?

Roedd o wedi
anghofio'r tŵr ci!

**Pwy ydi'r corrach
mwyaf drwg yng
ngroto Siôn Corn?
Ann RHEG!**

**Beth oedd y dyn eira yn ei wneud yn y siop lysiau?
Pigo'i drwyn!**

Beth wyt ti'n galw dyn eira sy'n colli pob ras?
Olaf!

**Beth wyt ti'n galw hen ddyn eira?
Pwll o ddŵr!**

Wyt ti'n arogli moron?

**Beth wyt ti'n galw dyn sydd byth yn prynu presantau?
SIOM Corn!**

Beth sy'n ddu a gwyn efo trwyn coch, sgleiniog?
Mŵ-dolff!

Coed wigs!

**Ble mae Huw Chiswell yn prynu ei bresantau Dolig?
¡-Be!**

Beth maen nhw'n fwyta ym mharti dolig MI5?
Mins Speis!

Coblyn o foi!

JÔCS CLYFAR

Beth wyt ti'n ei ateb er nad ydi o'n gofyn cwestiwn?
Drws!

Beth wyt ti'n ei ateb er nad ydi o'n gofyn cwestiwn?
Ffôn!

Pa air mae pawb yn ynganu'n anghywir?
ANGHYWIR!

Sawl llythyren sy'n yr wyddor?
7: Y-R W-Y-Dd-O-R

Pryd mae dydd IAU yn dod cyn dydd MERCHER?
Mewn geiriadur!

Os ydi hi'n cymryd un diwrnod i ddau ddyn greu twll mawr efo dwy raw, faint o amser wneith o gymryd i un dyn greu hanner twll?

Twll ydi twll, does 'na ddim ffasiwn beth â hanner twll!

Beth sy'n mynd i fyny ac i lawr y grisiau heb symud?
Carped!

Pa fis ydi'r un byrraf?
Mai – dim ond 3 llythyren!

Beth fedri di ei glywed a'i reoli, ond ddim ei gyffwrdd na'i weld?
Dy lais!

Sawl pen sydd gan bob person?
8: Pen, dau ben-glin, dau benelin, penglog, pen-blwydd a phen-ôl!

"Beth ydi tri a thri?"
"Chwech?"
"Naci. Dwy goeden."

Mae 10 person yn gorffen adeiladu pont mewn 10 diwrnod. Faint o amser mae'n gymryd i 5 person adeiladu yr un bont?

Dim — mae'r 10 person wedi gorffen adeiladu'r bont yn barod!

Beth sydd efo 100 o goesau ond yn methu cerdded?
50 pâr o drowsus!

Beth sy'n mynd yn fwy budr wrth iddo lanhau?
Cadach!

Beth sy'n mynd yn fwy gwlyb wrth iddo sychu?
Tywel!

JÔCS GWIRION

**Sut wyt ti'n cadw ffŵl yn disgwyl?
Wna i ddeud 'that ti wedyn!**

Pa stafell ydi'r fwyaf gwirion?
Y LOLfa!

**Pam dydy gwneud hwyl ar
ben neidr ddim yn syniad da?
Does ganddo ddim coes i'w thynnu!**

Pam oedd y digrifwr yn
cario cist ddillad?
Am ei fod o'n dipyn o GÊS!

Mae pobl yn dweud 'mod i'n hen iâr.
Ond DODWY ddim!

**Pam wnaeth yr hyena ddim croesi'r lôn?
Am ei fod o'n rhy brysur yn chwerthin!**

Ble mae rhosod yn cysgu?
Dydyn nhw ddim, maen nhw ar bigau'r drain!

Mae dau bysgodyn mewn tanc. Mae un yn troi at y llall ac yn gofyn: "Sut wyt ti'n dreifio hwn?"

Ydych chi wedi gweld y person yma?

Ydych chi'n hollol siŵr fod ganddi dri thrwyn?

Mae gen i dri thrwyn, chwe chlust a saith llygad. Beth ydw i? Hyll!

Pwy sy'n hapus i yrru cwsmeriaid i ffwrdd?
Tacsis!

**Pa fotwm dwyt ti ddim yn gallu ei brynu mewn siop?
Botwm bol!**

Roedd hi'n edrych yn syn pan wnes i ddweud wrthi ei bod hi wedi paentio ei haeliau'n rhy uchel ...

Pam wnaeth y bachgen ddod ag ysgol i'r ysgol?
Am ei fod o isio mynd i ysgol UWCHradd!

Beth oedd y peth diwethaf ddwedodd Taid cyn iddo gicio'r bwced?
Pa mor bell wyt ti'n meddwl fedra i gicio'r bwced 'ma?

Pam mae pobl enwog mor cŵl?
Am fod ganddyn nhw lot o ffans!

Os fysa Owain Glyndŵr yn fyw heddiw, pam fysa fo'n enwog?
Am ei oed!

Beth ddwedodd y fanana wrth y ci?
Dim byd – dydy bananas ddim yn gallu siarad!

Mae 'na ferch yn teithio ar drên o Gaerdydd i Fangor yn gwisgo het goch, gwyn a gwyrdd, côt borffor a menig melyn. Beth ydi enw'r ferch?
Beth!

Be sy'n digwydd os wyt ti'n croesi pont efo beic?
Ti'n cyrraedd ochr arall i'r afon!

Tedi-blêr!

Un noson stormus a niwlog, roedd Wil yn gyrru adra ar ôl bod yn gweithio ymhell i ffwrdd. Gan fod coeden wedi disgyn ar y lôn, roedd y brif ffordd wedi cau ac felly roedd yn rhaid iddo droi i lawr ffordd gul nad oedd wedi bod arni o'r blaen.

Ar ôl chwarter awr o yrru heibio ffermydd ac afonydd, dros fynyddoedd, a thrwy goedwig; fe wnaeth Wil sylweddoli nad oedd wedi gweld cerbyd, tŷ na pherson arall ers dipyn o filltiroedd. Roedd y niwl wedi gwaethygu, y storm yn taranu, y glaw yn disgyn yn drwm; ac yn waeth byth, roedd ei gar wedi dechrau colli pŵer!

Cyn i'r car dorri i lawr, llwyddodd Wil i'w barcio yn ofalus mewn ffos ar ochr y ffordd. Doedd dim signal ar ei ffôn, ond diolch byth, gwelodd fwthyn hen ffasiwn ganllath o'r lôn a mwg yn dod o'i simdde.

"Ella y medra i ddefnyddio'u ffôn nhw!" meddyliodd, wrth redeg am y drws.

Roedd y bwthyn fel petai'n sownd yn y gorffennol.

Roedd o wedi'i adeiladu o gerrig o feintiau gwahanol, ac roedd ganddo ddrws pren heb gloch na golau. Taflai'r canhwyllau gysgodion ar y ffenestr fach.

Cnoc, cnoc!

Ar ôl deg eiliad o ddisgwyl wrth y drws yn y gwynt a'r glaw, trodd clo'r drws gan gloncian a gwichian. Ymddangosodd hen wraig – edrychai fel ei bod yn ei nawdegau hwyr, neu efallai ei bod wedi cael bywyd caled!

"Helô?" mae hi'n sibrwd, ei llais yn crynu.

"Helô! Mae'n ddrwg gen i darfu arnoch chi. Mae 'nghar i wedi torri lawr, ac o'n i'n gobeithio ca'l defnyddio'ch ffôn i alw am help."

"Dewch i mewn o'r glaw, wir! Dach chi'n socian!"

Cerddodd Wil dros drothwy'r bwthyn i'r gegin. Fe daniodd yr hen wraig fwy o ganhwyllau wrth i Wil dynnu ei gôt a'i sgidiau. O fewn dim, roedd wedi'i lapio mewn blanced ac roedd powlennaid o lobsgows ar ei lin. Gwyliodd ei sgidiau a'i gôt yn sychu o flaen y tân.

"Doedd dim rhaid i chi fynd i drafferth," meddai Wil, "ond dwi'n gwerthfawrogi'n fawr. Dim ond isio gneud galwad ffôn o'n i …"

"O fy machgen annwyl i, does gen i ddim ffôn!" meddai'r hen wraig gan wenu'n glên.

Roedd Wil yn meddwl mai'r storm oedd wedi torri'r llinell ffôn i'r bwthyn, ond wrth edrych o'i gwmpas, sylweddolodd nad oedd trydan yn y bwthyn o gwbl!

"Ond, mae croeso i chi aros heno 'ma. Gallwn ni drefnu help i chi yn y bora." Meddyliodd Wil am eiliad. Roedd wedi blino'n ofnadwy ac roedd yr hen wraig mor garedig …

"Dyna gynnig ffeind. Ydach chi'n siŵr?"

"Wrth gwrs!" chwarddodd yr hen wraig. "Mi wna i ddangos y stafell sbâr i chi."

Edrychodd Wil o gwmpas y stafell wely syml, a oedd yn edrych fel nad oedd wedi ei chyffwrdd ers degawdau. Caeodd yr hen wraig y drws a mynd i'r gwely.

*

Yn oriau mân y bore, daeth *cnoc, cnoc* ar y drws. Wedi dychryn, atebodd yr hen wraig y drws.

"Helô?" sibrydodd, ei llais yn crynu.

Yn sefyll o'i blaen hi, roedd Wil yn anadlu'n drwm, ei ddillad yn wlyb a bag yn ei law.

"Helô. Mae'n ddrwg gen i darfu arnoch chi," meddai Wil. "Wnes i jest piciad adra i 'nôl fy mhyjamas!"

JÔCS YCH-A-FI

**Beth oedd y paffiwr yn ei wneud yn y tŷ bach?
Taro rhech!**

Pam mae gwddw jiráff mor hir?
Am fod ei draed o'n drewi!

Beth sy'n anweledig
ac yn drewi o foron?
Rhech cwningen!

**Beth oedd Nain a Taid
yn ei wneud yn y tŷ bach?
PW a ŵyr!**

Sut mae eliffant yn ogleuo?
Reit dda, efo trwyn fel 'na!

Beth sy'n waeth na dod o hyd
i gnonyn mewn afal?
Dod o hyd i HANNER cnonyn!

Mae'r jeli yn rhy goch!

Faint wyt ti angen ei yfed i wybod os ydi llaeth wedi suro? YCH-ydig!

Beth mae'r pianydd yn ei wneud yn y tŷ bach?
Tinclo!

Beth wyt ti'n galw sandwich bîns yn Gymraeg?
RHECHdan!

Sut mae pysgodyn yn pigo ei drwyn?
Efo fish finger!

Pam wnaeth Tigger
roi ei ben lawr y toilet?
Am ei fod o'n chwilio am Pooh!

Yn yr ysgol, mae Siôn, Jac a Ffion yn dysgu am ystyr gwahanol dermau.

Gofynnodd yr athrawes, "Pwy sy'n medru rhoi brawddeg fanwl gywir i fi yn defnyddio'r term **'yn bendant'**?"

Saethodd llaw Siôn i'r awyr. "W w w!"

Gan fod Siôn yn medru bod yn fachgen drwg, dewisodd yr athrawes Jac i ateb y cwestiwn.

"Ia, Jac?"

"Mae'r awyr **bendant** yn las," meddai Jac, gan dynnu tafod ar Siôn, sydd yn dal â'i law i fyny.

"Anghywir!" meddai'r athrawes gan duchan. "Beth os ydi hi'n ddiwrnod cymylog? Neu'n nos? Rhywun arall?"

"W w w!" meddai Siôn, a'i fraich yn dechrau crynu.

"Ffion?" gofynnodd yr athrawes.

"Ymmm ... Mae'r gwair **bendant** yn wyrdd!"

"Anghywir!" meddai'r athrawes eto yn flin. "Dydy'r gwair ddim yn wyrdd bob tro. Heb law neu haul, mae'r gwair yn medru bod yn felyn neu'n frown."

"W w w!" meddai Siôn. "Ydi rhech i fod yn wlyb ac yn sgwiji?"

"Dw i ddim yn meddwl bod y cwestiwn yna yn addas i'r dosbarth, Siôn!" meddai'r athrawes, wedi cael llond bol. "Ond, fel rheol, nac ydi."

"Os felly, dwi'n **bendant** angen mynd i'r toilet!"

JÔCS WEDI'U GWRTHOD

(Dyma'r jôcs oedd ddim digon da i'r llyfr ... ond, bechod eu wastio nhw!)

Beth sy'n wyrdd ac yn canu
'Blue Suede Shoes?'
Elvis Parsley!

**Pam aeth Jeifin Jenkins i'r cwpwrdd?
Iestyn Garlick!**

Ac un arall i'r plant posh ...
Ydi 'Falstaff' yn opera hir?
Na un fer 'di hi!

Tydi amser yn hedfan ...!

**Beth sy'n aros mewn cornel ond sy'n gallu teithio o amgylch y byd?
Stamp!**

**Beth ddwedodd y stamp wrth yr amlen?
Sticia efo fi ac fe awn ni'n bell!**

Hefyd o'r Lolfa:

GARETH YR ORANGUTAN

Y LLYFR

£6.99

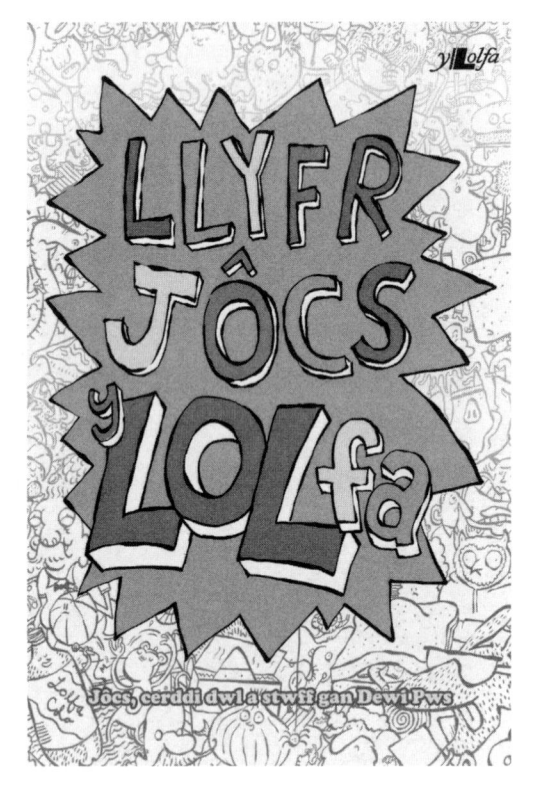

£4.95

£6.99

Holwch am bris argraffu!
www.ylolfa.com